EL DUENDE VERDE

ANAYA

© Del texto: Jordi Sierra i Fabra, 1996
© De las ilustraciones: Miguel Calatayud, 1996
© De esta edición: Grupo Anaya, S. A., 1996
Juan Ignacio Luca de Tena, 15. 28027 Madrid

1.ª edición, febrero 1996

Diseño: Taller Universo

ISBN: 84-207-6974-6
Depósito legal: M. 2.802/1996

Impreso en ORYMU, S. A.
Ruiz de Alda, 1
Polígono de la Estación
Pinto (Madrid)
Impreso en España - Printed in Spain

EL DUENDE VERDE

Jordi Sierra i Fabra

UN GENIO
EN LA TELE

Ilustración: Miguel Calatayud

Mira tú por donde, si eres adicto a «El Duende Verde» y sigues fielmente la colección, tienes ya en las manos mi séptimo duende editado. Y además, muy diferente de los otros porque en esta ocasión nos vamos al muy divertido y minúsculo país de Pampelum. Un país en el que un día se inventa la televisión y todo cambia. Es probable que más de una cosa (y de dos) te suene con respecto a los programas de tele que nos disparan desde todos nuestros canales.

Dicen que el siete es el número mágico, y por esta razón este libro también lo es. Lo que no es tan mágico es lo que vemos por televisión, y «Un genio en la tele», entre bromas y disparates, no deja de ser una crítica contra los que se creen que nos chupamos el dedo y nos cargan con programas que merecerían quedarse a oscuras el día de emisión. La tele es importante y necesaria, pero

todo depende de una cosa para
que además sea válida: de
nuestro dedo (el que sea con
el que apagamos el televisor).
Es ese dichoso dedo el que a
veces se niega a apagar el
aparato y nos tragamos más de un
bodrio patatero. Es culpa de ese
dedo rebelde que nos anula la
voluntad, que a veces nos
enganchemos como hipnotizados
aunque estén echando un programa
de cocina tibetana. En Pampelum,
el genio de la nueva televisión
pronto va a darse cuenta de esto
y de más cosas. Y tú con él.

   Así que, si te gustaron otros
libros míos, espero no
defraudarte con esta sátira
ocurrente y divertida,
divinamente dibujada por un
verdadero genio del pincel.

PRIMER TROZO

(O sea, algo así como los entremeses)

EL día en que llegó la televisión a Pampelum...

Aquello fue algo grande, imaginaos. De pronto ya nadie tuvo que asomarse a la ventana para ver lo que hacía el vecino, o mirar a la calle para ver las mismas escenas aburridas de siempre y pasar el rato. Ahora bastaba con darle a un botoncito, se iluminaba la pantalla del aparato (que previamente habían comprado, claro, aunque por pocos pampelumios porque se montó una estupenda oferta de lanzamiento), y tan ricamente, sentados en las salitas de sus casas, los pampelúmicos podían llenarse con un montón de imágenes, variadas, constantes y gratis.

Ni que decir tiene que fue una conmoción.

Y como Pampelum era un país pequeñito, nombre además de la única ciudad y capital, el montaje de la televisión no representó un gasto excesivo para el bolsillo de los contribuyentes. Se instaló una antena en la cima de la montaña más alta y se construyeron unos estudios junto al río, a la salida de la ciudad por el este (bueno, en realidad se aprovechó el edificio del viejo balneario, al que ya no iba nadie desde hacía años porque en la actualidad las aguas podían tomarse tranquilamente en casa, abriendo el grifo). El problema, o suerte, según se mire, de Pampelum, era que se trataba de un país insignificante, situado en mitad de un gran continente, sin mar, rodeado de cordilleras nevadas, sin apenas nada salvo paz. ¡Ah, si hubieran podido empaquetarla y venderla, se habrían hecho todos ricos, aunque tampoco les hacía falta! Pampelum tenía dos montañas propias, un valle de tierras fértiles atravesado por un río, una planicie llena de pastos, algunos pueblecitos y poco más. Pero sin ejércitos, sin crisis ni hambres, sin envidias y egoísmos, los pampelúmicos se lo montaban la mar de bien. Todos eran amigos.

El día de la inauguración de la televisión, el señor alcalde, muy pomposo él, anunció:

—Esta maravilla tecnológica nos acercará mucho más los unos a los otros, como un día lo hicieron la radio y el teléfono.

La gente aplaudió a rabiar.

—Y esto es sólo el comienzo del futuro que ya está ahí, a la vuelta de la esquina —continuó el señor alcalde.

Algunos, los más despistados, giraron la cabeza a derecha e izquierda, mirando en dirección a las esquinas más inmediatas, por si, en efecto, veían aparecer ese futuro.

—Gracias a todos por haber hecho posible este día —se despidió el circunspecto preboste lleno de solemnidad.

Tras lo cual procedió a cortar la correspondiente cinta con unas tijeritas de plata y luego accionó la puesta en marcha de la muy augusta Televisión de Pampelum.

Una carta de ajuste multicolor, con el tachín-tachín del himno nacional como fondo, apareció en los televisores de los pampelúmicos.

Aquel día, apenas ninguno pudo apartar los ojos de ella.

¡Era tan bonita!

Después, la televisión empezó a convertirse en parte habitual de sus vidas.

Al comienzo, la expectación se disparó, poniéndose en uno de los puntos más álgidos de la historia del pequeño país, similar, como recordó el señor alcalde, a las inauguraciones de la radio y el teléfono. La televisión era una maravilla. Los niños ya no jugaban en las calles tranquilas, las señoras ya no hacían corros en las tiendas, los hombres ya no discutían en sus oficinas, los ancianos ya no perseguían el sol en el parque. Y eso que la televisión sólo emitía dos horas al día, porque tampoco había para más. ¡La carta de ajuste ofrecía una música tan bonita! ¡Y los programas...!

A los ancianos les encantaba el concurso de los viernes, en el cual se podían ganar importantes premios, como una suscripción gratuita al periódico por un año o un pase gubernamental para asistir sin pagar a todos los espectáculos públicos por el mismo período de tiempo. ¡Qué emocionantes eran los concursos, y con cuánto ingenio estaban preparados!

A los jóvenes les fascinaban los conciertos musicales de los domingos, desde la Gran Banda de Pampelum hasta los de los nuevos conjuntos eléctricos que empezaron a proliferar gracias a la pequeña pantalla. ¡Qué animados resultaban!

Los niños, por supuesto, disfrutaban como enanos los sábados, con los programas de marionetas y los festivales infantiles, los juegos (que todos seguían encandilados desde sus casas participando activamente) y las aventuras de Pam Pelum, el héroe que narraba los más preciosos cuentos jamás imaginados.

Las señoras, siempre ávidas de sensaciones, tenían como emisión favorita la de los martes, en la que se presentaba la vida de algún pampelúmico de pro, con pelos y señales, ilustrándola con fotografías del mismo álbum de fotos del interesado o la interesada. ¡La de chismes que descubrían! Y para postre, luego, las cámaras ofrecían una visión de la vida del personaje en la actualidad, qué hacía, cómo era su casa, su familia, etc.

Los señores, por contra, descubrieron el placer de ver cualquier tipo de deporte sin esfuerzo cómodamente sentados en las butacas de sus casas y con un buen vaso de agua fresca en la mano, en mangas de camisa y pantalones cortos. ¡Pero qué bien! Competiciones atléticas, carreras de burros, maratones de ponedoras de huevos, partidos de fútbol... Los miércoles era el gran día.

Sin embargo, la verdad es que en el fondo todos lo veían todo, y que las familias se reunían cada día a lo largo de esas dos horas para ver y oír, comentar y discutir.

El orgullo del señor Gomba.

¿Cómo, que aún no he dicho quién es el señor Gomba? ¡Vaya por Dios!

Anda, pasa la página, que allá voy.

SEGUNDO PEDAZO

(Te presento al muy dilecto señor Gomba,
director de la Televisión de Pampelum)

NADA de todo aquello, es decir, el éxito de la Televisión de Pampelum, habría sido posible sin el
señor Gomba, su alma, ¿qué digo su alma?, su
corazón, ¿qué digo su corazón?, su sangre, ¿qué
digo su sangre?, su cerebro, ¿qué digo su cerebro?, su...

El señor Gomba ERA la Televisión de Pampelum.

Mucho antes de empezar los trabajos de remo-
delación del antiguo balneario, y de subir a lo alto
de la montaña la antena; mucho antes de los fastos de la inauguración y la puesta en marcha de
aquella maravilla; mucho antes del antes, el alcalde de Pampelum ya había hecho llamar al señor
Gomba para encargarle la dirección del proyecto.

—Señor Gomba, el Consejo le ha nombrado
director de la Televisión de Pampelum. ¡Póngase
manos a la obra!

Y el señor Gomba se había puesto manos a la
obra.

Viajó, se enteró de cómo funcionaba una televisión, compró libros, los leyó, estudió a fondo el tema, él mismo hizo pruebas, se apuntó a cursillos, consiguió una cámara vieja en un mercadillo de un país muy avanzado y practicó, practicó hasta que le cogió el tranquillo y supo casi todos los secretos de aquel prodigio capaz de enviar imágenes a cualquier parte. Una vez aprendida la teoría y en marcha la práctica, diseñó lo que habría de ser la Televisión de Pampelum, inició las obras del balneario y, mientras la aventura iba paso a paso, en sus (escasos) ratos libres ideó lo más esencial a fin de cuentas: la programación.

Vio programas de todo el mundo, aprendió, tomó ideas, lo adaptó todo al gusto y las posibilidades pampelúmicas y, después, escogió a las personas más adecuadas para formar el equipo final.

Llegado el momento, no quedaba ningún cabo suelto, así que a nadie extrañó el éxito de los muy divertidos, brillantes y variados programas de la televisión pampelúmica.

—Señor Gomba —le dijo el señor alcalde al señor Gomba—, estamos orgullosos de usted.

Y el señor Gomba se dio por satisfecho, con esa rara sensación que da el placer del deber cumplido.

Por contra, no quiso ningún tipo de protago-
nismo, ni presentar ningún programa ni salir en
ninguna parte. ¿Para qué? La fama solía crear
problemas, multiplicaba a la inversa la falta de
tiempo (a mayor actividad, especialmente ajena al
trabajo real, menos tiempo para hacerlo todo), y
por lo general envanecía un poco, volvía ligera-
mente tontas a las personas que se la creían.

Para el señor Gomba, la fama era una trampa.

Así que el día de la inauguración de la emisora,
él se quedó a un lado, discreto, y dejó que fuera el
señor alcalde el que luciera el tipo, sonriera, besa-
ra niños, estrechara manos e hinchase pomposa-
mente el pecho cada vez que alguien le hablaba
de «su» televisión. También hizo lo mismo después. Las estrellas tenían que ser otros y otras.

Por ejemplo, para presentar los concursos llamó a la muy dicharachera señora Plombi, que tenía un puesto de verduras en la plaza y, a la par
que una buena y hermosa voz, de firme tono, sabía perfectamente cómo venderles coles a cinco
pampelumios a las clientas, y cómo colocar melo-
nes o sandías a siete incluso a las más reticentes y
recalcitrantes dudosas. ¡Cuánta labia se gastaba la
señora Plombi! ¡Y qué bien sabía sonreír, cómo
captaba la atención de cualquiera! El público se
rindió a sus encantos al primer programa.

Para presentar el programa sobre la vida de los pampelúmicos de pro, ¿quién mejor que el señor Zoe, el viejo fontanero? Él había estado en todas las casas de Pampelum, así que, en parte, ya sabía mucho más que cualquier otro, sin necesidad de ser un chismoso. Como encima era un hombre simpático, afable y querido, fue la elección perfecta, aunque por supuesto no trabajaba solo. Un equipo de jóvenes periodistas, algunos de ellos procedentes del periódico local, escribían los guiones y armonizaban las bellas palabras que luego repetía el señor Zoe.

Pam Pelum, el héroe de los niños, era en realidad la chispeante y divertida señorita Livi, la bibliotecaria. Como en la biblioteca tenía que estar callada, y más seria que un gallo sin gallinas en el gallinero, a la que podía sacaba a relucir su extrovertida personalidad. El hecho de haberse leído todos los libros de la biblioteca, también ayudaba mucho, porque de esta forma era capaz de contar cuentos e historias, sin parar, durante horas, días, semanas, meses, años. Bajo su disfraz, sólo el señor Gomba conocía el secreto de la personalidad de Pam Pelum. El misterio también era muy importante, y ayudaba a crear un clímax de expectación. El día en que el señor Gomba le había ofrecido el puesto a la señorita Livi, ella casi se

desmayó de ilusión. ¡Por fin le daban una oportunidad! ¡Por fin alguien sabía que, bajo su seria actividad bibliotecaria, latía el corazón de una mar-
chosa adolescente!

Pero sin duda, el puesto más difícil de la Televisión de Pampelum, y aquel que más quebraderos
de cabeza había dado al señor Gomba, era el del
presentador del informativo.

Todos los demás presentadores y presentadoras aparecían en pantalla un día a la semana durante una hora, pero el presentador o la presen-
tadora del informativo lo haría a diario, a lo largo
de media hora. ¿Quién podía ser aceptado en los
hogares de los pampelúmicos casi, casi como un
miembro más de la familia, cada noche, sin faltar
una? ¿Quién sería capaz de dar las noticias, las
buenas y las malas, las felices y las tristes, con el
estoicismo con que lo hacían los presentadores
que había visto por todo el mundo? ¿Quién dispo-
nía de una recia personalidad, una voz hermosa,
un talante creíble, un aspecto normal y, especialmente, un carisma impecable, que lo hiciera todo
natural, creíble y ciento por ciento profesional?

Mucho tardó el señor Gomba en dar con el
candidato, y casi desesperó de hacer la debida
elección pues se acercaba el día de la inauguración y todavía estaba a oscuras en cuanto a él o

ella. Durante semanas miró a la gente de una forma tal que algunos empezaron a creer que se estaba volviendo loco. Ponía los dedos pulgar e índice de cada mano unidos por las yemas y miraba a los demás encuadrándolos como si fuera la pantalla del televisor. Otras veces cerraba los ojos y trataba de imaginarse aquella o la otra voz recitando noticias. Finalmente, y ante la inminencia de lo inevitable, hizo lo más normal: escuchar la radio, escoger entre tres voces maravillosas, hacerles una prueba televisiva a las tres y quedarse con una, que evidentemente iba acompañada por una imagen. La voz y el rostro elegidos fueron los del señor Flú, que aceptó complacido el honor.

El señor Flú era eficiente, digno, respetable, equilibrado, ecuánime, inalterable, paciente, elegante, sobrio y perfecto. El señor Flú no se ponía nervioso por nada. El señor Flú miraba a cámara y, en cuanto se encendía la lucecita roja, hablaba, leía las noticias escritas por el equipo de redactores, una tras otra, sin pestañear, seguro de sí mismo, como si no pasara nada. El señor Flú habría sido capaz de seguir en su puesto, comentando que había un terremoto, en el supuesto de que un terremoto hubiera asolado Pampelum en el momento de estar él en directo dando las noticias. El señor Flú era mucho señor Flú.

Vaya que sí.

Pero fue un éxito, porque las noticias, a decir de la mayoría, eran las noticias, y no se podían leer con una corbata verde con topos rojos, ni haciendo la vertical con una mano o mucho menos llorando a moco tendido por las tristes o riendo a carcajadas por las alegres.

El señor Flú fue la última y definitiva piedra angular de la Gran Casa.

Y como ya he dicho (y repito), la televisión se convirtió en el nuevo pasatiempo nacional de Pampelum. Todo el mundo se quedó muy satisfecho, pero el señor Gomba, más.

Muchísimo más.

Por ello cuando el señor alcalde le dijo aquello de «Señor Gomba, estamos orgullosos de usted» (que ya he mencionado antes), sintió esa rara sensación que da el placer del deber cumplido.

(Cosa que también había escrito tal cual, pero que era necesario repetir aquí, para que quedase debidamente expresado y de-ta-lla-do.)

TERCER FRAGMENTO

(Aquí verás cómo la gente se cansa rápido de
las modas, y también cómo llegó a la Televisión
de Pampelum el novato señor Tutsi)

PASARON unas semanas, unos meses, y más o
menos por los alrededores del primer aniversario
de la inauguración y puesta en marcha de la televisión, el interés de los pampelúmicos puede de-
cirse que había caído si no en picado, sí de forma
gradual. Al comienzo, nadie quería perderse un
programa, por si pasaba algo y para tener de qué
hablar al día siguiente. Parecía como si no ver la
televisión les dejara en fuera de juego. Luego,
poco a poco, primero unos y después otros, ini-
ciaron una rebeldía natural hacia aquella esclavi-
tud. Por ejemplo, en primavera, con las preciosas
puestas de sol muy dignas de contemplarse,
¿quién se apalancaba delante del televisor igno-
rándolas? Y no bastaba con abrir la ventana y mirar ahora la puesta de sol, ahora la pequeña pantalla. Eso de hacer dos cosas al mismo tiempo no
cuadraba nada, pero lo que se dice nada, con el

temperamento de los pampelúmicos. Y en verano, con lo requetebién que se estaba en la calle, tomando el fresco, o charlando con los vecinos en el patio comunal de cada casa, ¿quién se quedaba sudando dentro?

Además, pronto descubrieron que tampoco pasaba nada si se perdían un programa, o incluso dos. Y no por ello la televisión dejó de ser popular, pero sí menos agobiante.

Las gentes de Pampelum recobraron su iniciativa, su libertad. Si les apetecía, veían la televisión, y si no les apetecía, pasaban de ella. Eso no significa que los presentadores y presentadoras no continuaran siendo personajes populares y queridos. La mayoría de los programas todavía contaban entre los favoritos del público y, por consiguiente, los niños no se perdían el día del suyo ni los mayores los respectivos días de sus preferencias. Se supo elegir y eso fue lo más importante.

Sin embargo, sí hubo un programa que cayó en picado, registrando semana a semana los índices de audiencia más bajos entre toda la programación. Ese programa fue el informativo.

Pero, claro, un informativo es un informativo, así que... ¿de quién era la culpa? ¿De las noticias? No, por supuesto. ¿Del señor Flú? Bueno, sí, era tan circunspecto el hombre, pero... cualquier pre-

sentador lo habría hecho igual, ¿no? O sea que
era sentarse allí y leer cosas como:

«La vaca Cariñosa, propiedad del granjero señor Zomba, dio a luz anoche a dos preciosos be-
cerros que, a la hora de emitir este programa, se
encuentran perfectamente de salud, lo mismo
que la afortunada madre. El señor Zomba, que no
esperaba gemelos en este parto, aún no sabe qué
nombre impondrá a las dos criaturas.»

«Cierra durante unos días, por haber cogido la
gripe su dueño, el muy afamado negocio de car-
pintería del señor Mij. Consultado el médico habitual del enfermo, el doctor Jay, éste nos ha infor-
mado que la gripe del señor Mij es benigna y no
hay nada que temer. La señora Mij confía en volver a la actividad en un plazo no superior a los
siete días contando con el pleno restablecimiento
de su marido.»

«Debido a haberse mudado de calle por razo-
nes laborales, el estupendo delantero del centro
del equipo de la calle Hú jugará desde la próxima
semana con el equipo de su nuevo domicilio, sito
en la calle Fiz. Es una importante pérdida para los
primeros, que marchan en tercera posición del
campeonato de Pampelum, a tres puntos del líder, y un notable refuerzo para los segundos, que
de momento están en quinta posición, a siete

puntos, pero con aspiraciones de mejorar en su clasificación.»

Sí, las noticias eran las noticias, y lo único que se podía hacer con ellas era leerlas lo mejor posible y hacerlas llegar al público. El señor Flú era un profesional. Nadie lo dudaba.

Pero el informativo, el único programa diario, continuó sin levantar cabeza pasado un año de la inauguración de la Televisión de Pampelum.

El señor Gomba, siempre preocupado, buscando lo mejor para el público y esforzándose en crear nuevos programas con nuevas ideas, muy pronto inició la ampliación horaria, incorporó nuevos profesionales ante y detrás de las cámaras, y cuanto menos siguió estando orgulloso del servicio que la televisión prestaba a la comunidad. Como dijo el señor alcalde en los fastos del primer aniversario:

—No olvidemos que hemos hecho una televisión para el pueblo, no un pueblo para una televisión.

Su intervención, oportuna, fue muy aplaudida.

Lo cual no impedía que, de puertas para adentro, el señor alcalde siguiera instando al señor Gomba para que mejorara aún más y en lo posible los contenidos y la programación, especialmente la piedra angular de la misma, el dichoso y cada vez menos visto (pero necesario) informativo.

En éstas andaba la cosa cuando aquella mañana apareció aquel joven de rostro abierto, sonrisa
cautivadora, ojos perspicaces y talante incisivo
ante el señor Gomba. Ni siquiera era día de pruebas y el director de la Televisión de Pampelum
venía de la sala de montaje, tras inspeccionar los
resúmenes de los partidos de fútbol, con todos
los goles marcados (menos uno, porque en el
momento de pisar el área el delantero, al cámara, según él, le había picado una abeja en..., bueno, al final de la espalda, y en lugar de registrar la
belleza del tanto y su espectacularidad, a decir de
los presentes que sí lo habían visto, había enfoca-
do unas preciosas nubes de colores procedentes
de la fábrica de nubes).

—Señor Gomba —dijo el aparecido—. Mi nombre es Tutsi y quiero trabajar en la televisión.

El señor Gomba, que andaba con la cabeza en
otra parte a causa del fallo del cámara, porque si
algo era sagrado en Pampelum era el fútbol y el
campeonato entre calles, se quedó mirando al
muchacho con un mucho de desconcierto.

—¿Cómo? —preguntó sin estar seguro de lo
que acababa de decirle.

—Me llamo Tutsi —repitió el joven—, y quiero
trabajar en la televisión.

Iba a decirle que se presentara en la próxima

convocatoria de personal o algo parecido, cuando de pronto sintió el magnético influjo de aquel rostro abierto, percibió la fuerza de aquella sonrisa cautivadora, se dejó seducir por aquellos ojos tan perspicaces y un sexto sentido le dijo que aquel talante incisivo podía ser muy útil en la Televisión de Pampelum. El señor Gomba todavía sabía reconocer el talento.

—¿Qué sabe hacer, señor Tutsi? —inquirió mirándole de hito en hito.

(Ésa es la forma de mirar cuando se quiere mirar BIEN, lo que se dice BIEN.)

—Cualquier cosa, para empezar. Sabré esperar mi oportunidad —contestó el candidato con sencilla afabilidad.

—Puede que no le guste.

—Aprenderé.

—El dinero...

—No importa.

—¿Qué ha estado haciendo hasta ahora?

—Nada, estudiar. Soy del pueblo del oeste. He venido a Pampelum a trabajar.

El señor Gomba sonrió. Le gustaba la gente emprendedora, honesta, ambiciosa pero sin desmesura, con las ideas claras pero sin vanagloria. Gente que pedía una oportunidad para demostrar su valía.

—Aceptado —dijo finalmente dándole una palmada en el hombro a su nuevo empleado—. Preséntese al señor Pobo de mi parte y que le busque algo. ¡Confío en usted, señor Tutsi!

Y mientras reemprendía su camino, volviendo a pensar en la fatalidad del gol perdido, escuchó la voz del señor Tutsi diciéndole:

—¡Gracias, señor Gomba! ¡No se arrepentirá!

CUARTA PORCIÓN

(De cómo el señor Tutsi se convirtió
en presentador del informativo y... algo más)

EL señor Gomba estaba en su despacho estudiando un montón de ideas para futuros programas cuando entró, tras llamar a la puerta pero sin darle tiempo a que dijera el clásico «Adelante», el querido señor Blof, el jefe de programas.

Al instante supo (la veteranía es un grado) que algo muy grave le sucedía al señor Blof, o lo que era casi lo mismo, que algo muy grave le sucedía a la Televisión de Pampelum.

El señor Gomba dejó sobre la mesa un extravagante proyecto para filmar animales y, luego, ponerles voces humanas, para de esta forma simular que hablaban y emitir juicios sobre la propia raza humana. Cuanto menos, era curioso.

—¡Señor Gomba! —dejó caer como si fuera una pesada losa el señor Blof.

—¿Qué ocurre, señor Blof?

—¡Una catástrofe, señor Gomba!

(Más que una pesada losa, ya parecía una montaña entera.)

—Hable, hable, señor Blof.

El señor Blof no habló. Ni siquiera abrió la boca. Y el señor Gomba estaba seguro de que no era para llevarle la contraria, muy al contrario. Los ojos del señor Blof se hundieron por completo en las bolsas enormes que parecían haber salido de pronto por debajo de ellos.

—¿Tan grave es? —se atrevió a manifestar el director de la televisión.

—Sí —logró articular su jefe de programas.

Los dos abandonaron el despacho a la carrera, atravesaron pasillos, entraron y salieron por puertas, arremolinaron el aire a su paso, y su sola imagen dejó por detrás un recelo de inquietud en cuantos les pudieron ver. Luego, la noticia de que ALGO GRAVE sucedía se extendió como... (no, no voy a decir lo del «reguero de pólvora»), como un frío viento de invierno (mucho más bonito, ¿no?) por toda la Televisión de Pampelum.

Cuando el señor Blof entró en el departamento de informativos, donde los afamados periodistas reunían las noticias y las preparaban para el programa, el señor Gomba se encontró con el desconcierto en los rostros de todos los presentes.

Y en el centro, con una cara tan perpleja que casi estaba irreconocible, y tan larga que casi se la pisaba, el señor Flú.

—¿Qué le pasa? —preguntó el señor Gomba comprendiendo que allí se encontraba el quid de la cuestión.

(Quid, del latín *quid,* qué cosa. Esencia o motivo de una cosa. ¿Vale? Por si no lo sabías.)

El señor Flú abrió la boca, pareció querer hablar, pero o el señor Gomba acababa de quedarse sordo de repente o, simplemente, no oyó nada.

—Está afónico —sentenció (¡por fin!) el señor Blof.

—¿Afónico?

—¡Afónico!

El director de la televisión miró el reloj. Faltaban apenas cinco minutos para el informativo.

Una catástrofe.

—¿Qué HACEMOS? —inquirió con dramatismo de diva de ópera el señor Blof.

El señor Gomba se encontró con la mirada expectante de los presentes. Bueno, de todos menos uno, que daba la impresión de sonreír, y eso que no le veía la gracia por ningún lado al tema.

—Pues... —empezó a pensar muy rápido.

—¿Suspendemos el programa? —tanteó el señor Blof.

—Eso nunca —dijo rápidamente su director—. Antes lee usted las noticias, o el que haga falta.

—¿YO? —se echó a temblar el jefe de programas.

—No es tan difícil, sólo hay que sentarse y leer, nada más. Se respira hondo, se mira a cámara, se olvidan los nervios...

Por la cara que ponía el señor Blof, comprendió que su idea no podía ser más peregrina. El jefe de programas ya estaba más tieso que un palo. El señor Flú exhibió una sonrisa sarcástica, como de superioridad.

Cuatro minutos.

De pronto, se escuchó una voz, firme y natural.

—Yo puedo hacerlo.

Miraron hacia él. Era el de la primera sonrisa. El señor Gomba le reconoció en ese momento. Se trataba del señor Tutsi. Le había contratado un par de meses antes.

—¿Está seguro, joven? —preguntó gravemente.

Todos miraron cómo el señor Tutsi se acercaba al centro de la reunión. Al pasar junto al señor Flú, éste le miró con suficiencia, casi con desprecio.

—No queda mucho tiempo para pensarlo —dijo el candidato con una perfecta calma y pleno dominio de sí mismo—, así que va a tener que arriesgarse igualmente a menos que haya otro voluntario.

No lo había. Bastaba con ver las caras de los presentes.

—¿Qué ha estado haciendo hasta hoy? —quiso saber el señor Gomba.

—Primero me pusieron una escoba en las manos y limpié, pero como me sobraba tiempo y era rápido, me encomendaron el reparto del correo, hasta que hubo una vacante en archivos y archivé. Como tengo buena memoria pasé a relaciones públicas, después a administración, más tarde a redactor cuando...

Tres minutos.

—No importa. Adelante —el señor Gomba le puso en las manos las cuartillas con las noticias—. Si ha hecho todo eso en dos meses, y creo que bien, ya que de lo contrario no seguiría aquí, también conseguirá salvar este reto.

—Confíe en mí, señor —aseguró el señor Tutsi.

Y todos quedaron hipnotizados por su sonrisa tanto como por el calor que desprendieron sus ojos.

Menos el señor Flú, evidentemente.

No quedó tiempo para nada más. Un enjambre de hombres y mujeres le rodeó explicándole lo que tenía que hacer, hablándole al mismo tiempo. Mientras le maquillaban unas, otros le decían a dónde mirar. Mientras le repetían que es-tu-vie-ra-tran-qui-lo (los que le decían eso tartamudeaban, sudaban y estaban al borde de un ataque de nervios contagiosísimo), otras le ponían una chaqueta más seria y una corbata más gris. Mientras pasaban los segundos, el señor Gomba empezó a sonreír sin apartar sus ojos del inesperado nuevo presentador del informativo.

Cuando el señor Tutsi se quedó solo ante el peligro, o sea, ante la cámara número uno del plató, faltaban apenas diez segundos para la hora del informativo.

Se hizo un silencio sepulcral.

Diez, nueve, ocho...

El señor Tutsi se despeinó un poco, y lo hizo aposta. Dejó que un mechón de cabello le cayera rebelde por encima de la frente.

Siete, seis, cinco, cuatro...

El señor Tutsi echó un vistazo a las noticias. Así, como quien no quiere la cosa, puso la que estaba en primer lugar detrás de la segunda.

Tres, dos, uno...

—¡Dentro sintonía! —anunció el realizador desde el control.

Justo al terminar la sintonía, se iluminó el pilo-

to de la cámara. El señor Tutsi mostró una primera sonrisa llena de cálida intimidad, a continua-
ción comenzó a hablar.

—Buenas noches, Pampelum. Éste es el informativo de hoy, día...

Todos los presentes empezaron a abrir la boca,
y algunos incluso miraron la imagen y escucharon
el sonido por las pantallas de control para estar
seguros de lo que veían y oían.

El señor Tutsi, sereno, tranquilo, con una estupenda voz y una notable presencia, no sólo lo hacía bien, sino muy bien.

Con fuerza, carisma, gancho.

Leyó todas y cada una de las noticias, demostró estar al día en cuanto a técnicas para antes y
después de la imágenes filmadas, supo dar énfa-
sis a lo trascendente, y comunicar una sensación
de amigable familiaridad a lo intrascendente. Incluso dio una noticia no escrita: la de la repentina
afonía del muy querido (remarcó lo de «querido») señor Flú, al que deseó una pronta recupera-
ción.

Impecable.

Todo en su justo tiempo, medido, en su debida
proporción.

Pero la bomba, la gran explosión final, se pro-
dujo en la despedida.

—Esto ha sido todo por hoy —dijo el original presentador—. Mis mejores deseos de paz y unas muy buenas noches a todos ustedes. Les informó el señor Tutsi desde la Televisión de Pampelum. Gracias por acompañarnos y hasta mañana.

Luego guiñó un ojo y volvió a sonreír lleno de encanto.

QUINTO CACHO

(En el que, como os podéis imaginar,
el señor Tutsi pasa a ser la nueva estrella
de la Televisión de Pampelum)

QUÉ impacto!
¡Qué sensación!
¡Qué...!
Al día siguiente, los que esa noche habían visto el informativo, no hablaban de otra cosa, como en los mejores tiempos.
—Una voz muy personal.
—¡Qué guapo!
—Encantador, sí.
—Muy profesional pero con un toque de intimidad, ¿verdad? Como si te lo estuviera contando a ti solo.
—¿Alguien sabe quién es?
Pero la guinda, por si quedaban dudas, la puso el periódico, en un acertado comentario de su crítica de televisión (aunque últimamente criticaba poco porque no había mucho donde elegir), la señorita Popsi. La frase que resumía lo bien que le

pareció el señor Tutsi, decía: «Nos gusta el nuevo
estilo de nuestra televisión, la frescura y el instinto
natural de comunicación de lo que sin duda será
la gran sorpresa de esta temporada».

Ya nadie se acordaba (aunque eso era cruel) del
pobre señor Flú.

Al día siguiente, con el señor Flú todavía afónico
(el médico le había dicho que tenía para una semana), el señor Tutsi volvió a ocupar la silla de presentador del informativo. Esa noche, todo Pampelum
estaba frente a sus televisores, unos para repetir y
otros para descubrir. Como hiciera en su debut, el
señor Tutsi no les defraudó.

La tercera noche, el señor Tutsi llevaba una
chaqueta verde y una corbata roja, algo estriden-
te, pero nadie le dijo nada, ni siquiera el señor
Gomba, alucinado por aquel éxito inesperado. Al
día siguiente la señorita Popsi escribió llena de
efervescente calor: «¡Ya era hora de que alguien
rompiera el monolitismo de la televisión pampelúmica! ¡La televisión es a color, como la vida!
¡Bien por el nuevo diseño de vestuario!».

Y llegaron las primeras cartas, entusiastas, pi-
diendo saber cosas. El domingo el periódico pre-
sentó una entrevista con el señor Tutsi (la edición
se agotó) a cargo de una arrebolada y extasiada señorita Popsi. En ella, abiertamente, el señor Tutsi

recordó al público que sólo estaba supliendo al afónico señor Flú. El lunes las cartas fueron miles. ¡Todos querían al señor Tutsi!

Se formó el Club de Fans del señor Tutsi.

Pero sin duda alguna, la guinda definitiva llegó justo al cumplirse una semana de los hechos principales. Hasta ese momento, el señor Tutsi había leído fielmente las noticias, cambiando alguna de orden, eso sí, y adaptando el tono de su voz a la importancia o la seriedad de la misma, pero nada más. Precisamente en la entrevista del periódico había dejado bien claro que lo suyo era el instinto.

Y fue su instinto el que le dio la clave del verdadero «nuevo estilo» del que tanto hablaban todos.

Iba a leer una noticia que decía textualmente: «Esta mañana, al ir a cruzar la calle Blubli, la señora Zeb pisó una piel de plátano y se dio un tremendo golpe en la zona posterior de su anatomía. Levemente conmocionada, la señora Zeb pidió públicamente que se respetara la limpieza de la ciudad para evitar percances como el suyo».

Lo cambió.

(Sí, sí, ¡lo cambió!, ¿cómo lo veis?)

Se quedó muy serio, mirando a cámara, y de pronto dijo, de forma muy tensa, despacio, como si anunciara algo terrible:

—Dramático percance en el mismo centro de Pampelum.

Pausa. ¡Y qué pausa! Realmente todo Pampelum contuvo la respiración, expectante.

—Esta mañana —continuó el señor Tutsi—, un irresponsable, confiemos que aislado, fue capaz de arrojar una piel de plátano en la calle Blubli. Cualquiera de nosotros pudo haberla pisado, pero fue la muy buena de la señora Zeb la que lo hizo, golpeándose brutalmente —recalcó esa palabra— la parte final de su espalda. Recuperada de su percance, la señora Zeb pidió públicamente —miró de forma profunda, profundísima, a cámara, penetrando en el ánimo de los telespectadores antes de agregar—: petición a la que nos adherimos todos los hombres y mujeres que esperamos y deseamos lo mejor para nuestro querido Pampelum —y luego concluyó recuperando el hilo de la noticia—: que se respetara la limpieza de la ciudad con el objeto de evitar hechos como éste, que, no lo dudamos, pudo haber sido trágico.

Increíble.

A la mañana siguiente, el Club de Fans del señor Tutsi había duplicado el número de inscritos, especialmente jovencitas. A la mañana siguiente, el periódico iniciaba una campaña de conciencia-

ción ciudadana en pro de la limpieza y conserva-
ción de Pampelum. A la mañana siguiente la crítica
de televisión, señorita Popsi, se quedaba sin adje-
tivos en su comentario habitual. A la mañana siguiente una encuesta revelaba que el 97% de la
población había visto el informativo, marcando
así el récord de audiencia (todo el mundo se preguntó quiénes debían formar el escuálido y raro,
rarísimo, 3% restante).

A la mañana siguiente, el señor Flú entró en el
despacho del señor Gomba y anunció:

—¡Ya estoy bien, he recuperado la voz!

El señor Gomba no se atrevió a despedirle,
pero con sutileza y mucha mano izquierda le en-
comendó un nuevo espacio que se le había ocu-
rrido y que iría justamente detrás del programa de
las noticias: la información del tiempo. Incluso
convenció al señor Flú de que era lo más adecua-
do para él. Anunciar si haría frío o calor necesa-
riamente tendría que acabar siendo útil, y así los
pampelúmicos prepararían la bufanda a tiempo o
sacarían antes la ropa más ligera.

El señor Flú, herido en su dignidad..., aceptó
rápidamente el nuevo espacio. Como hombre salido de la radio, él mismo sabía que popularidades
y famas son efímeras, y que a veces lo importante
es saber estar, más aún, a veces lo importante es

ESTAR, a secas, sin más. Y él prefería ESTAR en la televisión antes que pasar al olvido.

Eso fue todo.

Durante aquel año, el informativo y el señor Tutsi cambiaron la vida de los pampelúmicos.

SEXTA PIZCA

(¿Quieres emociones fuertes? ¡Mira los martes
el gran *show* del señor Tutsi!)

LAS noticias dejaron de ser simplemente eso, noticias. Desde que el señor Tutsi se convirtió en el
presentador del informativo, cada una tenía su propia importancia, su tratamiento, su color y su calor,
su exacta ubicación en el programa. Obviamente,
poco a poco, el señor Tutsi pasó a controlarlo
todo, a supervisar la elección de los temas, a re-
dactarlos según su estilo, y aun así, la improvisa-
ción continuó siendo su fuerte. De una forma
irresistible se colaba cada noche en los hogares
de los pampelúmicos y les conmocionaba, les hacía reír o llorar, enternecer o morderse las uñas.
Le bastaba con mirarles a los ojos o cambiar el
tono de su voz. Era un comunicador nato.

El señor Gomba se sentía orgulloso de él.

Y cada noche, al terminar, antes de pasar a la
información del tiempo, a cargo del señor Flú
(que por cierto ya vestía trajes a cuadros verdes y

amarillos o a rayas rojas y malvas), el señor Tutsi
hacía aquello tan suyo, tan propio, tan característico.

Guiñaba un ojo.

Luego sonreía como un niño inocente.

Formidable.

Casi un año después (el tiempo pasa de una
forma alucinante, casi sin darte cuenta), un día
como otro cualquiera (eso es lo que tienen de bueno muchos días), el señor Gomba levantó la cabeza al escuchar unos golpecitos en la puerta de su
despacho. Pronunció la palabra mágica («¡Adelante!»), y por la puerta (ya abierta, claro) vio aparecer al señor Tutsi con algo más que una sonrisa
de oreja a oreja.

Parecía la mar de animado, incluso excitado.

—Señor Gomba —dijo el recién llegado—, he
tenido una idea.

—Ah.

—¡Un nuevo programa!

—¡Ah!

—¡Será estupendo, increíble, fabuloso!

—¡Ah! ¡Ah! ¡Ah!

El señor Tutsi empezó a moverse alrededor
del señor Gomba, gesticulando, hablando, parán-
dose un instante para volver a caminar como im-
pulsado por un resorte, agachándose, saltando,

con los ojos brillantes y una emocionada energía desbordándosele por todas partes. Por poco el señor Gomba se rompe el cuello, al intentar seguirle sin darse cuenta de que trataba de dar una vuelta sobre sí mismo sin levantarse de la silla. Ya conocía el entusiasmo de su colaborador, pero aquello...

—Señor Tutsi.

—¿Qué le parece? ¿Verdad que será fantástico? ¿No cree que será emocionante?

El señor Gomba apenas si le había oído y entendido vagamente. Su cabeza se movía de forma más ordenada que la del señor Tutsi, que más semejaba un cable de alta tensión suelto.

—Señor Tutsi —repitió el señor Gomba, y cuando éste por fin logró calmarse un poco, apenas un par de segundos, formuló la pregunta que le picoteaba el ánimo—: ¿Y el informativo?

El señor Tutsi dejó de moverse. Bajó los ojos al suelo mientras dejaba caer la cabeza sobre su pecho.

—Es que...

—Vamos, vamos, ¿qué sucede?

—Me aburro —confesó el señor Tutsi.

—¿Que se aburre? —el señor Gomba estaba perplejo.

—Mortalmente, oiga —suspiró el señor Tutsi.

—No entiendo.

—Cada día es lo mismo, noticias, noticias, noticias, sin ningún otro aliciente. El señor Zoe tiene la variedad de presentar cada semana a un personaje distinto, la señora Plombi idea nuevas variantes de sus concursos, Pam Pelum cuenta cuentos diferentes, en cambio yo...

—¡Pero el informativo es el programa más...!

—¡Más aburrido! —repitió el señor Tutsi—. ¡Cualquiera puede presentarlo! En cambio lo que he venido a proponerle... ¡Llevo semanas preparándolo!

—No sé, no sé —vaciló, parpadeando, inseguro el señor Gomba.

—¡Confíe en mí!

—No, si confiar ya confío, pero el informativo...

—¡Buscaremos a alguien, le prepararemos! ¡Sólo le pido la oportunidad de que vea mi espacio! ¡He montado un programa piloto!

—¿Que ha montado qué?

—Venga, ¡venga!

Le cogió del brazo, tiró de él, se lo llevó en volandas, le sacó del despacho. El señor Gomba no recordaba haberse desplazado jamás a tanta velocidad. En un visto y no visto se encontró en una salita de proyecciones, sentado frente a una

pantalla, con el señor Tutsi a su lado preguntándole:

—¿Preparado?

Y sin esperar respuesta, la pantalla se iluminó y en ella comenzó a producirse un estallido de sensaciones incesantes, un espectáculo total, fulgurante y fulminante, que quitaba el aliento, que incluso impedía desviar los ojos un segundo para no perderse una sola imagen. Si el señor Gomba hubiera querido buscar una definición de televisión en alguna parte, ya no habría tenido que buscar más: AQUELLO era televisión.

Sin duda el mejor de los programas, y a años luz de cuanto esperaba pacientemente en su cabeza o en los archivos de la Televisión de Pampelum.

Cuando aquel torrente de vitalidad acabó, incluso el señor Gomba sintió la necesidad de MÁS. Miró la hora. ¿Era posible que hubiese transcurrido una hora entera?

Genial.

—Se llama *En vivo, en directo y de verdad* —le dijo el señor Tutsi—. Le he puesto ese nombre porque lo haré en vivo, en directo y de verdad, sin trampa ni cartón. Podría ir en la noche del martes, que es el día más flojo, para levantar la audiencia.

El señor Gomba parecía inmóvil, conmociona-
do, atrapado por la fuerza de aquella irresistible
magia.

Cuando por fin pudo articular palabra, dijo so-
lamente:

—¿Ha pensado en alguien para presentar el
informativo?

SÉPTIMA MIAJA

(De sorpresa en sorpresa,
o cómo los pampelúmicos descubrieron
el poder TOTAL de la televisión)

EN vivo, en directo y de verdad fue presentado al público de Pampelum en una gala presidida por el señor alcalde. Aquella noche, cuentan los anales de la historia, el consumo eléctrico del país alcanzó cotas jamás imaginadas, porque lejos de irse a la cama al terminar los programas televisivos, como solían hacer habitualmente, los pampelúmicos pasaron tres horas más con las luces abiertas, unos incapaces de levantarse de sus sillas, otros comentando lo visto, los más impresionados recordando cada escena asimilada por su cerebro hasta la borrachera de los sentidos.

Al día siguiente, la crítica de televisión anunció solemnemente que «HABÍA NACIDO EL FUTURO», y en su artículo del periódico afirmaba estar todavía bajo los efectos de la catarsis producida por el caudal de imágenes presenciado la noche anterior.

También escribió: «Si esto ha sido el primer programa, ¿cómo serán los próximos? ¿Hasta qué límites llegará el genio creador del señor Tutsi, el mago de la televisión? *En vivo, en directo y de verdad* debería guardarse en los archivos para ilustrar a las nuevas generaciones de futuros presentadores. Y no sólo hay que hablar del programa en sí, sino también de la propia labor del señor Tutsi al frente de él, con la soltura a la que nos tenía habituados pero multiplicada por mil. Micrófono en mano, moviéndose, entregándose, el señor Tutsi ha llevado la Televisión de Pampelum hasta su madurez fulminante».

Y así fue. *En vivo, en directo y de verdad* logró que incluso aquel 3% de raros, rarísimos, confesara ver los martes por la noche la televisión. Sólo algunos y algunas, los más fieles, le echaron de menos a diario en el informativo, porque..., bueno, ahora le veían y le oían más y mejor en el nuevo espectáculo, pero sólo un día a la semana, mientras que antes le tenían en pantalla cada noche.

Eso sí, su sustituta, la señorita Rati, perfectamente entrenada por el mismo señor Tutsi, supo estar a la altura.

¡Qué año!

El señor alcalde puso una medalla al señor

Gomba. Éste, tímido y avergonzado, dijo que quien la merecía era el señor Tutsi.

Cuando el señor Tutsi fue entrevistado en la misma televisión, modestamente, por el señor Zoe, tras ser convencido de ello ya que no quería, la audiencia también fue máxima. En la entrevista, al preguntársele en qué consistía su éxito, dijo simplemente:

—Me dejo llevar, el instinto es siempre lo mejor.

A fin de cuentas, según continuó después, *En vivo, en directo y de verdad* era de lo más simple, un programa hablando de temas de cada día, pero con la dinámica debida, y por supuesto sin dar ninguna pausa ni respiro al espectador. ¿Su lema?: todo puede ser noticia, todo puede tener interés, todo vale la pena.

Y siempre, siempre, aquel guiño de ojo y aquella sonrisa.

Un año después (que también pasó en un abrir y cerrar de párpados), el señor Tutsi anunció el fin de *En vivo, en directo y de verdad* al término de uno de los programas. El señor alcalde tuvo que ser llevado al hospital porque se atragantó con un hueso de aceituna. El señor Gomba se quedó más tieso que una estatua, con los ojos y la boca muy abiertos. La señorita Popsi tuvo un ataque.

—Pero no van a desembarazarse tan fácilmente de mí —continuó el señor Tutsi exhibiendo la mejor de sus sonrisas unos segundos después de dejar caer la bomba—, porque ya está en marcha... *¡Siguiendo la pista!*

¿Qué era *Siguiendo la pista*?

Por la mañana, un pálido señor Gomba esperaba al señor Tutsi en su despacho. Apenas si le riñó por no haberle avisado de sus planes. A fin de cuentas era el director de la televisión. Además, conocía la respuesta que iba a darle el señor Tutsi.

Que se aburría.

Según él, sólo el «cambio constante» satisfacía los deseos de renovación e inquietud del público, siempre ávido de nuevas sensaciones.

¡Ah, el señor Gomba conocía al señor Tutsi casi tan bien como a sí mismo!

—Pero, ¿qué es eso de *Siguiendo la pista*?

El señor Tutsi no le dijo nada. Le puso un programa piloto.

Nada más.

Aquello fue un... Bueno, faltaban palabras en el diccionario para definirlo. Las habituales, como «éxito», «sensación» o «apoteosis», se quedaron cortas. Si *En vivo, en directo y de verdad* había sido el triunfo de la sencillez, la vida misma llevada a la pantalla con las cotidianidades de Pampelum y sus gentes, pero pasadas por el tamiz mágico del señor Tutsi, *Siguiendo la pista* unía esa cotidianidad habitual con lo misterioso, lo policíaco. El señor Tutsi demostró que cualquier vida puede tener un fondo enigmático, y que cualquier situación puede ser investigada, analizada, seguida.

Aparecía en pantalla y decía, por ejemplo:

—El día dos de mayo, a las ocho horas y quince minutos, el señor Zelub salió de su casa dispuesto a ir a su trabajo, como cada día a lo largo de los últimos veinte años. Su pequeño automóvil, sin embargo, no estaba esa mañana tal y como lo había dejado la noche anterior. La rueda delantera izquierda mostraba la huella de un pinchazo. ¿Quién? ¿Cómo? ¿Por qué? —su voz, densa, cargada de dramatismo, hacía aquí una inflexión antes de seguir—: Un equipo de este programa ha investigado tan desafortunado incidente, y las conclusiones son dignas de tenerse muy en consideración.

El público quedaba literalmente pegado a sus sillas hasta que el señor Tutsi llegaba al fin del tema, descubría al culpable del pinchazo reconstruyendo fielmente los hechos o justificaba lo sucedido con meridiana claridad.

Con el éxito de *Siguiendo la pista*, nada fue
ya lo que parecía. Estaba claro que detrás de cualquier cosa, por pequeña que fuera, podría escon-
derse un misterio.

¡Y la de misterios que fueron analizados en el
programa a lo largo de aquel año! Fue como si el
manto implacable de una Nueva Ley hubiera pasado por encima de Pampelum. El equipo de in-
vestigación del señor Tutsi era capaz de encontrar
una vaca perdida en la montaña tanto como un
pez de colores perdido en el río, descubrir quién
asustaba a las parejas de noche en el parque (resultó ser el pobre señor Maji, que era sonámbulo
sin saberlo) o hacía agujeros en el llano (nada de
marcianos, era un buscador de oro de otro país,
el muy tonto, y más despistado que una cigüeña
sin niño).

En pleno delirio, sólo el señor Gomba veía
acercarse, inexorable, la fecha en la que, por lo
general, al señor Tutsi le entraban las ganas de
cambiar.

¿Qué haría esta vez?

¿Con qué nueva idea les sorprendería?

¿Sería capaz de superarse, por tercer año, a sí
mismo?

En esta ocasión no esperó un anuncio por sorpresa en la televisión, ni que el señor Tutsi entra-

ra en su despacho inesperadamente y le acogota-
ra. Una mañana le hizo llamar y le preguntó:

—¿Va a cambiar de programa como hace siempre cuando se cumple un año de emisión del ac-
tual, señor Tutsi?

—Usted puede ser el protagonista.

—¿Yo? —el señor Gomba saltó de la silla—.
¡Ah, no, a mí no me meta en líos! ¡Yo soy el di-
rect...!

—Me refiero a que se llama así —le interrum-
pió sonriendo melifluamente el señor Tutsi—. *Usted puede ser el protagonista.* Y le aseguro que
será el no-va-más.

El señor Gomba volvió a quedarse sin habla.

OCTAVA PARTE

(Aquí, de pronto, el inesperado descalabro.
¿Lo resistirás?)

POR tercer año consecutivo, el estreno del nuevo programa del señor Tutsi congregó a los pampelúmicos ante la pequeña pantalla, con una expectación imposible de describir. Entre la despedida de *Siguiendo la pista* y la presentación de *Usted puede ser el protagonista*, de martes a martes (consagrado ya, poco más o menos, como el día del señor Tutsi), en Pampelum no se habló de otra cosa.

¿Qué haría?

¿Hasta qué insospechados límites sería capaz de llevar la fascinación de cuanto hacía?

¿Quiénes serían los protagonistas de *Usted puede ser el protagonista*?

Nada. Secreto. Ni una filtración. Ni siquiera el señor Gomba pudo saber los planes del señor Tutsi. Fue una semana de conjeturas, de cábalas. El señor Tutsi no concedió entrevistas y lo único que hizo fue pedirle al director de la televisión que confiara en él. Y claro, ¿cómo no iba a confiarse en el hombre que había sido capaz de revolucionar el mundo de la imagen en tres años, avanzando en al menos diez o más los conceptos televisivos?

Aquella noche...

A la hora en punto, Pampelum parecía una ciudad vacía, incluso muerta. Nadie por las calles, ni un sonido, ni un ruido. Pero en todas las casas, la familia esperaba delante del televisor. Cuando apareció el señor Tutsi mirándoles desde el otro lado de la pantalla, fijamente, muy serio, se les cortó la respiración. El señor Tutsi no se movía, ni se movió en casi medio minuto. Despacio, muy despacio, esbozó una sonrisa maléfica mientras sus ojos se empequeñecían y casi desaparecían bajo la cerrada línea superior. Algunos niños empezaron a llorar. La cara del señor Tutsi acabó por convertirse en una suerte de ironías y burlas, hasta que levantó su mano derecha, apuntó con su dedo índice a cámara, y anunció:

—Usted puede ser el protagonista.

Tras ello, su imagen desapareció y en su lugar se vio una calle, una casa, una ventana. Pasaron un puñado de segundos. Algunos empezaron a reconocer el lugar. Era la parte trasera de la tienda del señor Posi, el fabricante de vinos. Pese a que no sucedía nada, nadie se movía, miraban hipnóticos sus televisores esperando algo, ¡la gran sorpresa del señor Tutsi!

Casi un minuto después, al otro lado de la ventana apareció el señor Posi en persona. Sostenía un tonelito de vino, su mejor vino. De pronto con la otra mano le echó agua a través de un embudo. ¿Un vaso? El señor Posi dudó, luego le echó otro.

¡Evidentemente el señor Posi aguaba el vino! ¡Pero qué cara más dura!

La casa, la ventana, la escena se esfumó de la pantalla. Ahora la cámara, con toda seguridad oculta, siguió el andar apacible del señor Miz, el maestro y líder de la Campaña por la Higiene Escolar. Inesperadamente el señor Miz miró a derecha e izquierda, se llevó un dedo a la nariz, hizo una pelotilla evidente tras urgársela con mucho afán... ¡y se la guardó en el bolsillo de su pantalón! ¡Pero qué cochino!

Nuevo cambio de imagen. La pastelería de la señora Sog. Detrás del mostrador, el dependiente, el pilluelo de Kat, se estaba atiborrando de pasteles. ¡Y decía que no le gustaban!

Aquella noche los pampelúmicos descubrieron un montón de cosas de algunos de sus vecinos. Y naturalmente el programa fue una revolución, hubo risas, sorpresas, expectación, pero a los di-

rectamente implicados no les gustó nada, ¡en absoluto! Las llamadas de protesta a la Televisión de Pampelum se sucedieron, y lo mismo pasó al día siguiente. El país entero pareció levantarse con la resaca del sensacionalismo de la noche anterior. La crítica de televisión ensalzó la valentía del señor Tutsi, pero algunos notables del lugar escribieron artículos o hablaron por radio preguntándose hasta qué punto la libertad y la intimidad de las personas no se dañaba con ello.

La polémica se desató. Unos decían que tenían «derecho» a saber si el vino que compraban estaba aguado. Otros afirmaban que la ignorancia es tan mala como el mal uso de la libertad. A todo esto, el pilluelo de Kat fue despedido por la señora Sog, el señor Miz fue retirado del liderazgo de la Campaña por la Higiene Escolar y se tomó unas vacaciones porque los niños en la escuela se pasaban el rato haciendo pelotillas, y el señor Posi tuvo que cerrar su tienda de vino porque nadie le compró más botellas. Lo mismo les sucedió a los otros habitantes de Pampelum a los que la cámara oculta había espiado.

¡Ellos eran los protagonistas!

El segundo y último programa del señor Tutsi fue peor que un terremoto. Lo nunca visto.

Su indiscreta cámara reveló uno de los secre-

tos más dulces y mejor guardados de Pampelum:
la identidad de Pam Pelum, el héroe de los niños.
Cuando todos vieron cómo se maquillaba la chispeante señorita Livi, la bibliotecaria, se quedaron
mudos, pero al mismo tiempo... muchos niños se
pusieron a llorar. Ya no había magia, o sí, tal vez,
fue... ¡tan desconcertante! De hecho todo podía
seguir igual, pero...

Después apareció la muy pulcra señora Mae,
una de las damas de más alcurnia de Pampelum,
espiando con unos binoculares la casa de su veci-
na, la también muy distinguida señora Blis.

Y el señor alcalde, ¡el mismísimo señor alcalde!, con un delantal, fregando el suelo de su casa
mientras su esposa, que pasaba por ser una dulce
y buenísima mujer, le pegaba una bronca tremen-
da por no dejarlo todo reluciente como los cho-
rros del oro.

Esa noche, los vecinos de Pampelum, sintién-
dose amenazados, dándose cuenta de que a la semana siguiente podía tocarles a ellos, colapsaron
la centralita de la televisión con sus llamadas, y
luego se echaron a la calle en señal de protesta.
Al día siguiente el periódico se hizo eco del escán-
dalo y la espiral alcanzó su cota máxima cuando
el señor Tutsi se negó a hacer declaraciones. La
polémica fue mortal. Los cuchillos del miedo cen-

tellearon en el aire. ¿Ignorancia o verdad? ¿Realidad o intrusismo? ¿Espectáculo televisivo o basura del mal gusto?

El señor Tutsi, antes amado y glorificado como la primera estrella de la televisión, cayó de su alto, altísimo pedestal, aún más rápido de lo que había subido. Nadie recordó el pasado. Para todos, lo único importante era el presente.

Los niños veían a la señorita Livi y se preguntaban cómo era posible que ELLA hubiera sido Pam Pelum.

La señora Mae tuvo que mudarse de casa.

El señor alcalde no dimitió pero... casi. Todo el mundo se reía al verle pasar.

La fiebre del programa se extendió en los días siguientes, porque nadie se fiaba de nadie, la gente caminaba por la calle mirando a todas partes, los vecinos cerraban las puertas y ventanas de sus casas, y por la calle, ante cualquier duda, echaban a correr sin detenerse. Antes, si se caía una personal, la ayudaban. Ahora pensaban que era una filmación de la cámara oculta.

Pampelum tenía miedo de sí mismo.

El tercer programa de *Usted puede ser el protagonista* no se emitió. Probablemente ni siquiera fue realizado. El alcalde, el Consejo de Pampelum, comisiones de vecinos, la prensa y la radio,

las cartas... El señor Gomba, con lágrimas en los ojos, era el único que se negaba a claudicar, a despedir al señor Tutsi. ¡Jamás había echado a nadie de ninguna parte! Quería hablar con él, que cambiara, que hiciera otro programa, que volviera al informativo, o a la sencillez de *En vivo, en directo y de verdad*, o incluso al impactante *Siguiendo la pista*. Quería...

Una mañana se encontró la carta de renuncia del señor Tutsi encima de la mesa.

Intentó hablar con él, pero no pudo.

Había desaparecido.

NOVENA FRACCIÓN

(Ni lo bueno, ni lo malo dura cien años, así que
aquí verás cómo quedó Pampelum tras la resaca
de la conmoción causada por el señor Tutsi)

VOLVIÓ la calma.

O quizás fuera algo más que eso.

La marcha del señor Tutsi de la televisión dejó
a la programación vacía de contenido, falta de
motivaciones, huérfana de espectacularidad. Un
listón alto es difícil de superar.

Y los escándalos, aunque se tiende a olvidarlos
rápido, marcan.

Sin el señor Tutsi, Pampelum le dio la espalda
a la televisión. Sí, la veían, formaba parte de sus
vidas y de su entorno habitual, pero... sin expectación, sin calor, sin fuerza.

Unos meses después la audiencia en horas y
días punta rondaba el cincuenta por ciento, y se
había convertido en una costumbre más que en
una necesidad o un complemento. Los espacios,
hasta los más nuevos, parecían vulgares, sin chis-
pa, tan cotidianos como..., bueno, la vida misma.

Tampoco se hablaba del señor Tutsi.

Y es que, para bien o para mal, había puesto el dedo en la llaga, y eso lo sabían a poco que pensaran en lo sucedido. Lo malo era que el señor Tutsi escarbó en ella demasiado dolorosamente. Un pacto de silencio, tendente al olvido, y la cicatrización de la herida se apoderaron del ánimo de los pampelúmicos. Nadie se burlaba ya del señor alcalde ni del maestro ni del resto de los «perjudicados». El señor Posi reabrió su tienda de vinos, el pilluelo Kat fue readmitido en la pastelería de la señora Sog, y así los demás.

Calma.

Incluso, incluso, la señorita Livi volvió a la televisión, llenando de contento a los niños y niñas que la echaban de menos sin importarles su verdadera identidad. Y lo hizo con un programa en el cual aparecía primero como ella misma, y después se caracterizaba de Pam Pelum, contaba sus historias, sus cuentos, y al acabar volvía a quitarse el maquillaje y el disfraz delante de las cámaras, parloteando feliz, antes de despedirse hasta la semana siguiente.

Desde luego, como tantas otras veces, los niños y niñas fueron los primeros en comprender.

Un año después, la señorita Popsi, en su página de televisión del periódico, fue la primera en atreverse a mentar el nombre del señor Tutsi, y lo hizo en una aguda reflexión que sorprendió a todo el mundo. Escribió:

«Si todos cometemos errores, el señor Tutsi cometió uno y grave: creerse con derecho a cualquier cosa, pasando por encima de cualquier límite. Sin embargo, reconozcámoslo, era un genio, y como tal resultó imprevisible. Es más: nosotros, con nuestro apoyo incondicional y nuestro aplauso casi reverente, le ayudamos, le empujamos. Si no tuviéramos nada que ocultar, no habría sido necesario el programa *Usted puede ser el protagonista*. El señor Tutsi no hizo más que mirar a su alrededor y... se dejó llevar. Quizás pensó que seríamos más inteligentes y nos reiríamos de nosotros mismos. Quizás olvidó que somos humanos, y por lo tanto pequeños. El programa, probablemente, era innecesario, ¿cómo saberlo?, pero con él en antena, el señor Tutsi nos ayudó y nos obligó a mirarnos a nosotros mismos, a asomarnos a nuestro interior. Ciertamente nos liberó a base de encadenarnos a esa pequeñez de la que hablaba antes. No soportamos la verdad y ésa fue nuestra culpa. La suya fue confundir la televisión con un dogma infalible. El precio de este interesante experimento social, fue barato: perder al señor Tutsi. Así, antes teníamos un espejo en el que no nos gustó mirarnos. Ahora tenemos un vacío en el que nos perdemos. El señor Tutsi nos hizo vivir pendientes de la televisión, lo cual es tan malo como vivir en el tiempo presente de espaldas a ella. Utilizar lo que tenemos en su justa medida es un bien, una necesidad y un derecho. Ha pasado un año y todos hemos reflexionado. Ojalá también hayamos aprendido incluso a reír tanto como a perdonar, si es que había algo que perdonar, ¿verdad, señor Tutsi?»

Hasta los más sesudos pensadores de Pampelum reconocieron que aquel artículo estaba muy bien.

Tenía el enfoque perfecto en el justo punto medio.

El quid (¿recuerdas?).

Y cuando el señor Gomba lo leyó, y vio en palabras lo que él mismo había estado pensando largamente durante aquel tiempo, comprendió muchas cosas imposibles de explicar, tan invisibles como el aire pero tan reales e indispensables como él.

De hecho, todos, absolutamente todos, habían caído en la trampa.

El vértigo.

El asombroso y alucinante vértigo de la televisión.

Donde la palabra MÁS es la ley.

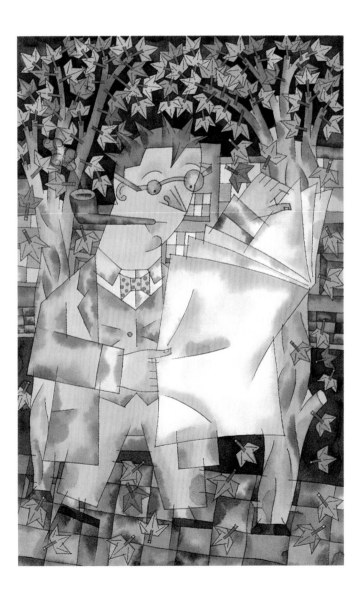

Donde lo difícil se hace al instante y lo imposible tarda sólo unos segundos.

Donde el cambio y la superación constantes son el pan y la sal de cada día.

Sin límites.

¿Quién es capaz de ponerle una cadena a la imaginación?

El señor Gomba dejó el periódico sobre la mesa, y con algo parecido a unas nuevas alas en sus pies salió de casa.

ÚLTIMA PARTÍCULA

(En donde conocerás el histórico reencuentro
del señor Gomba con el señor Tutsi y lo que
el primero encontró y descubrió en casa
del segundo)

EL señor Gomba quería saber dónde estaba el
señor Tutsi, en qué lugar del mundo se había refu-
giado, en qué isla perdida vivía oculto. Era necesario hablar con él, razonar. Los sucesos acaeci-
dos un año antes, la presión, la velocidad de los
hechos, todo se volvió en su contra. Ahora tal vez
fuera posible volver a empezar.

En su casa quizás hallase alguna pista, un indi-
cio.

Iría a cualquier parte con el fin de verle.

El señor Tutsi, tras su éxito, se había comprado una casita en las afueras, para trabajar sin ser
molestado, para gozar de intimidad, para no de-
jarse arrastrar por el bullicio de la fama. Era una
casa muy antigua, con jardín, un muro rodeándo-
lo todo y mucha sensación de paz envolviéndola.
Con lo primero que se encontró el señor Gomba
al llegar a ella fue con la puerta de la verja abierta.
Lo segundo, el jardín desarreglado, caótico. Las

plantas llenaban el camino y la maleza cubría los parterres habitados por restos de flores secas, antaño hermosas. Daba la impresión de que allí no hubiera nadie.

Naturalmente.

Pero se equivocó.

Al asomarse a una ventana, vio una sombra furtiva moviéndose en el interior. Pensó en un ladrón sorprendido *in fraganti*, un desaprensivo que pretendía llevarse las cosas del señor Tutsi, o incluso una fan que todavía le adoraba y buscaba recuerdos. Iba a llamar a la ley cuando observó que la sombra furtiva no se ocultaba ni trataba de silenciar su presencia en la casa, todo lo contrario. Se movía con naturalidad, iba de un lado a otro, hasta se acercó a una de las ventanas.

Entonces le reconoció.

¡El señor Tutsi!

El señor Gomba se quedó sin habla. Esta allí, ¡allí mismo! Y lo más probable era que hubiera estado todo aquel tiempo, meses, silencioso, semi oculto y... olvidado.

Qué extraña podía llegar a ser la popularidad.

Ya no esperó más, llamó a la puerta y cinco segundos después, al abrirse, los dos se encontraron. El señor Tutsi todavía tenía aquella sonrisa pícara, tan y tan seductora. No había cambiado.

El señor Gomba pasó de darle la mano. Dio un paso y le estrechó entre sus brazos, feliz y emocionado.

—¡Tutsi, viejo amigo!

—¡Señor Gomba, caramba!

—¿Cómo está? ¡Oh, parece que fue ayer y sin embargo, ha pasado tanto tiempo, tantísimo tiempo!

—¡Qué sorpresa! No esperaba...

La casa era confortable, íntima, y estaba repleta de libros por todas partes, en estanterías, sobre sillas y mesas, en el suelo, libros de todos los colores y tamaños, de muchos géneros y clases. Resultaba un lugar tan acogedor como fascinante. Se respiraba en él una dulce serenidad.

El señor Gomba no dio ningún rodeo. Ahora que estaba allí, de pronto, sabía perfectamente lo que quería, aquello por lo que tomó la decisión de ir a verle.

—Señor Tutsi, quiero que vuelva.

La ex-estrella de la Televisión de Pampelum se quedó inmóvil.

—No puedo —reaccionó al cabo de unos segundos.

—¿Por qué?

—Porque me odian.

—No es cierto.

—¿Lo dice por el artículo del periódico? No es más que la opinión de una sola persona. Además... —bajó los ojos al suelo entre avergonzado y tímido—, todo el mundo sabe que la señorita Popsi me adoraba, y puede que aún me adore. El resto no. Si volviera recordarían aquello.

—No lo creo.

—Creí que se reirían —manifestó el señor Tutsi—. Subestimé su sentido del humor, y mi capacidad creativa, o mi fuerza. Les puse un espejo delante y no les gustó lo que vieron en él. Pero, ¿quién era yo para ponerles ese espejo? ¿Qué derecho tenía? ¿Acaso me daba un poder especial salir en la televisión? Aprendí bien la lección.

Sin darse cuenta, caminando junto a su anfitrión, el señor Gomba se encontró en un despachito muy revuelto. Se notaba que era el lugar de trabajo del señor Tutsi. Había muchos papeles escritos a mano y a máquina, encuadernados de forma sencilla y cosidos a mano. Una vivificante energía flotaba en el ambiente.

—Todos aprendimos una lección —dijo el señor Gomba mirando a su alrededor, curioso—. Quizás sí, quizás fuera usted demasiado lejos, mi querido amigo. Es difícil separar lo bueno de lo malo, lo cómico de lo ridículo. Las mismas situaciones que tanto dolieron a sus protagonistas, son las que nos hacen reír y les hacen reír a ellos en las películas. Pero ya se sabe que en la vida real se ve la paja en el ojo ajeno y por contra no se ve la viga en el propio.

—Lo sé, y por esa razón no quiero volver. ¿Qué podría ofrecer?

El señor Gomba ojeó unos folios. No quería ser curioso pero... casi sin pretenderlo, hechizado, atrapado por la magia que destilaba el entorno, leyó algunos títulos: «Argumento de una serie basada en los avatares de los vecinos de una comunidad», «Idea para una película sobre un niño que compra un espejo mediante el cual se ve el futuro», «Guión de una obra de teatro basada en el nacimiento mitológico de Pampelum».

—Señor Tutsi...

Lo dijo en voz tan y tan baja, que fue una brisa inaudible. Dejó los folios, cogió al azar uno de los libros encuadernados a mano. Era una novela escrita con una bonita y apretada letra por el mismo señor Tutsi. Tomó otro volumen y se encontró con una segunda obra. El tercero era un guión completo y pormenorizado, indicando hasta el movimiento de las cámaras, los planos y la calidad de los decorados. Y había más, muchos más.

—Señor Tutsi, ¿qué es... esto? —quiso saber.

—He estado trabajando estos meses. No sé quedarme quieto sin hacer nada. Me divierte imaginar cosas, situaciones, escenas, argumentos... Ya lo sabe.

El señor Gomba leía uno de los guiones, el de una película, escogido al azar. Era bueno, MUY bueno.

—¿Ha hecho todo esto... desde que dejó la televisión?

—Sí —vaciló el señor Tutsi.

—¿Y por qué, si no pensaba volver?

—Por mí mismo, porque me gusta y no sé hacer otra cosa. Para ser feliz, porque la felicidad bien entendida empieza por uno mismo.

El señor Gomba leía otro guión, rápidamente. Lo dejó y cogió un tercero. ¡Estaba en la cueva de Ali Babá! ¡Allí había un tesoro de ideas!

—Va a volver, señor Tutsi —dijo radiante, rebosando alegría—. Será usted el nuevo guionista de televisión de Pampelum, el nuevo jefe de programas de ficción, el padre de series, películas y teatro, ¡lo que sea! Pero va a volver. Esto ha de darse a conocer.

—¿Le gusta? —preguntó expectante el dueño de la casa.

—¿Que si me gusta? ¡Es genial!

—Preferiría que sólo fuera bueno, y que divir-

tiera y entretuviera a la gente, nada más. Eso de ser un genio resulta difícil... y peligroso.

El señor Gomba se echó a reír.

—¡Ah, señor Tutsi! —suspiró—. Creo que hoy empieza de verdad el futuro de nuestra televisión.

—Bueno, tengo algunas ideas que...

El señor Gomba cambió la risa por una carcajada.

—¿De verdad no habría vuelto nunca?

El señor Tutsi le acompañó en sus risas. Toda la vibrante energía del despachito se concentró de pronto en él. Parecía un nuevo hombre, y la luz surgía de sus ojos con la mágica fuerza de un arco iris.

—La verdad... no lo sé —reconoció confuso—. Quizás cambiándome el nombre, y disfrazándome, como la señorita Livi...

Ya no pudo seguir. Las risas de ambos se lo impidieron y acabaron abrazados, sujetándose el uno al otro, con los ojos llenos de lágrimas, pero de felicidad, no de las otras.

Al llegar la noche, el sol todavía brillaba en sus almas.

EL RESTO

(O sea, algo así como la despedida y cierre)

EL señor Tutsi volvió a la Televisión de Pampelum.

No fue un regreso anunciado, por todo lo alto, con publicidad o algaradas, sino más bien todo lo contrario, discreto, sencillo, sin hacer ruido.

Una noche se pasó «una divertida película» para toda la familia, según advirtió la guía de programación. Y «con sorpresa». Los pampelúmicos que la vieron se rieron de lo lindo, con ganas, y sólo al final pudieron leer, con asombro: «Escrita por el señor Tutsi».

Al día siguiente los que la habían visto comentaban sus escenas, y los que no, lamentaban habérsela perdido.

Al día siguiente el país despertó con la sensación de resaca volviendo del pasado junto a la frescura primaveral de un nuevo tiempo lleno de luces.

Al día siguiente la crítica de televisión del periódico dijo que... Bueno, tampoco importa. A fin de cuentas el señor Tutsi tenía razón: la señorita Popsi era una fan suya.

Tanto que acabaron casándose.

Aunque eso sea otra historia.

Durante años, las películas, series y obras de teatro del señor Tutsi, fueron el asombro de Pampelum. Un gran equipo de directores, decoradores, músicos, montadores, maquillaje, efectos especiales y todo lo demás, convirtió en imagen lo que él escribía. Y no sólo fue eso. Algunas de sus mejores obras se editaron también en libro, mientras que algunas de sus mejores novelas se llevaron a la pantalla, demostrando el enorme e indispensable vínculo de la palabra escrita y la imagen.

A veces, alguien echaba de menos su rostro simpático y afable por la pequeña pantalla, aquel característico guiño, su sonrisa, pero ni el señor Gomba se lo pidió ni él quiso regresar jamás como presentador de un programa.

Con el tiempo, la Televisión de Pampelum creó una escuela propia, y con ella nació otra clase de escuela, una de guionistas, dirigida por el señor Tutsi, tan lleno de entusiasmo ante este cometido como ante cualquier otro de los muchos que abordaba incansable. Uno de sus más destacados alumnos fue la hija del propio señor Tutsi y de la señorita (ahora señora) Popsi.

Aunque eso sea también otra historia.

Después de todo, Pampelum es un lugar tan eterno como lo son siempre ellas.

(Sintonía Final)

(Ruido de TV cerrada y «nieve»)

ÍNDICE

TÍTULOS PUBLICADOS